PRÉCIS HISTORIQUES,

COLLECTION DE

DE L'ORIGINE

DES CROISADES,

AU POINT DE VUE PHILOSOPHIQUE,

PAR ÉD T

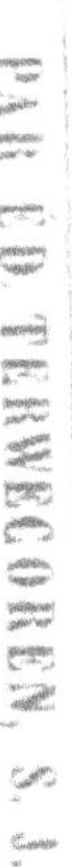

1re partie.

(La 2e partie fera l'objet de la livraison suivante.)

BRUXELLES,

LIB. DE H. GOEMAERE, SUCC. DE VANDERBORGHT,

Marché-aux-Poulets, 26.

1852

17e livraison. — 1e de septembre

COLLECTION DE

PRÉCIS HISTORIQUES,

PAR ÉD TERWECOREN, S. J.

DE L'ORIGINE

DES CROISADES,

AU POINT DE VUE PHILOSOPHIQUE,

PAR ÉD. T.

2me partie.

BRUXELLES,

LIB. DE H. GOEMAERE, SUCC. DE VANDERBORGHT,

Marché-aux-Poulets, 26

1852

18e livraison. — 2e de septembre.

DE L'ORIGINE

DES CROISADES,

CONSIDÉRÉE

AU POINT DE VUE PHILOSOPHIQUE,

PAR ÉD. T

BRUXELLES,
LIB. DE H. GOEMAERE, SUCC. DE VANDERBORGHT,
MARCHÉ-AUX-POULETS, 26.

1852

APPROBATION.

Ayant fait examiner l'opuscule : *De l'origine des Croisades, considérée au point de vue philosophique, par Éd. T.*, nous en permettons l'impression.

Malines, le 20 *janvier* 1852.

P. CORTEN, *Vic. Gén.*

Imp. de J. Vandereydt, rue de Flandre, 104.

PRÉFACE.

Nous avons publié pour la première fois cette dissertation dans la *Revue de Bruxelles*, en 1850. Ce travail, augmenté de quelques considérations et de quelques témoignages, ne dépasse pas les bornes de nos *Précis* : il ne renferme que le sommaire de ce qu'il y a de principal, d'essentiel dans cette question.

Il ne sera pas inutile d'indiquer ici quelques unes des principales sources.

Joan. Alb. Fabricius. *Lux evangelii toto orbe exoriens*, cap. 5, p. 518. Liste des historiens qui ont parlé de la première croisade.

Guillaume de Tyr. Bongars. *Hist. belli sacri.* — *Gesta Dei per Francos.*

Ruinart. *Vita Urbani II.* — *Epist. et documenta*, dans *Mansi*, t. xx, p. 642. *Hardouin*, t. vii, p. 1627.

Baronius. *Annales*, t. ii, ad an. 1095.

Accoltus. *De bello sacro in infideles.*

Moneta. Dominic. *Summa contra Catharos et Waldenses*, l. 3, c. 13.

Regenbogen. *Commentaria de bello sacro.*

Grégoire VII. *Epist.*, l. 2, ep. 3.

Gretzerus. *Theol.* t. IV, l. 1. *De sacris peregrinat.*, c. 7.

Vie de Godefroi de Bouillon, dans l'*Hist. litt. de France*, par les bénédict.

Dufresne. *Notæ ad Annam Comnenæ Alexiadem.*

Maimbourg, S. J. *Hist. des croisades..*

Heeren. *Essai sur l'influence des croisades.*

Chateaubriand. *Itinéraire*, éd. de Bruxelles, 1821, t. II.

Michaud. *Hist. des croisades.*

Lebeau. *Hist. du Bas-Empire.*

Gibbon. *Hist. de la décadence de l'empire*, rom., t. XI.

Inutile de prévenir que tous ces auteurs ne font pas la même autorité et qu'il en est qu'on ne peut lire qu'avec une prudente réserve.

DE L'ORIGINE

DES CROISADES.

« Donnez-moi un point d'appui, disait Ar-
» chimède, et avec un levier je soulèverai le
» monde. »

Ce que le géomètre de Syracuse demandait en vain pour le monde physique, le christianisme l'a trouvé pour le monde moral. Le Calvaire, voilà le point d'appui; la croix, voilà le levier. Les nations étaient assises à l'ombre de la mort au moment où le fils de Dieu porta au haut de la montagne le bois mystérieux; la religion qui régnait alors n'était qu'un amas d'erreurs : erreurs dans le dogme, erreurs dans la morale, erreurs dans le culte. Le désordre, la corruption et l'infamie avaient miné la société. Tout le genre humain, dévoré par ce chancre hideux, n'était plus qu'un corps défiguré et presque sans vie.

Appuyée sur le Calvaire, la croix remue cette masse dormante : la croix régénère le monde.

Mais sa mission sublime ne s'accomplit pas sans rencontrer des obstacles. Faite pour réparer la nature déchue, destinée à remettre l'homme en relation de devoirs avec Dieu, la croix devait poser et affermir les bases d'une société nouvelle sur les ruines de la société ancienne. Étendard de Celui qui était venu porter sur la terre un signe de contradiction, la croix devait livrer bien des combats : combats de trois siècles contre la puissance formidable des empereurs de Rome, les fallacieuses arguties de la superstition païenne, les subtilités sans nombre de la philosophie, les sourdes menées du judaïsme agonisant; combats plus longs encore avec la rusée et perfide hérésie; combats avec l'ignorance que les hordes ouraliennes, les races scythiques et germaines avaient répandue comme des ténèbres épaisses sur l'Europe entière; combats avec le schisme prévaricateur qui, durant des siècles, arracha chaque jour à l'Église les fruits abondants de ses entrailles, les trophées glorieux de ses conquêtes; combats plus sanglants que les autres avec les braves Saxons de Witikind, avec les féroces adeptes du prophète de la Mecque, sur les rives du Tage et sur les bords de la Loire; combats enfin avec les descendants de ces Mores intrépides, race belliqueuse et arrogante qui, depuis cinq siècles, faisait trembler l'Europe.

Ces derniers combats, ou plutôt cette dernière victoire fut, sous le rapport de son influence, la plus glorieuse de toutes au drapeau de l'Église.

Jusque-là le monde avait peine à se relever de l'engourdissement universel. Le règne de Charlemagne avait bien fait luire quelques rayons d'espérance; les lettres, les sciences, la civilisation avaient jeté quelque éclat; mais, sous ses successeurs, tout disparut de nouveau dans les ténèbres de l'ignorance, nous dirons presque de la barbarie. Le siècle de Grégoire VII était le temps de l'enfance de la société. Malgré les grandes idées de ce pontife, son bras n'avait pas été assez fort pour arracher l'Europe de ce ténébreux cahos où l'avait jadis plongée la grande migration des peuples. Il fallait un événement qui bouleversât tout : le monde matériel, le monde moral, le monde intellectuel; un événement qui achevât l'émancipation de la société politique et religieuse : cet événement fut la guerre de la croix.

C'est cette époque célèbre de l'histoire que nous allons examiner. Afin de la venger de tant d'écrits calomniateurs, de tant de déclamations haineuses, nous devons tâcher de lui donner son vrai caractère, ses mœurs, ses besoins, sa physionomie; nous devons la juger, non d'après les idées modernes qui censurent presque toutes les institutions et toutes les entreprises du moyen âge, mais d'après les idées qui dominaient alors.

Ces considérations demandent de l'ordre, de la méthode. Nous donnerons d'abord une esquisse historique des croisades : tout le monde connait ces événements; c'est ce qui nous dispense d'en faire le récit. Mais notre tâche serait incomplète, si nous nous bornions à l'exposition des faits sans en juger le principe. L'esprit demande des explications de cette révolution immense, de ce duel entre l'Orient et l'Occident; il faut donc examiner les causes des guerres saintes et leur légitimité; et la philosophie devra venir au secours de l'histoire pour lui prêter son flambeau. Quelle mission remplit cette période? Fut-elle appelée à détruire ou à édifier, à être, entre les mains de Dieu, le fléau de ses vengeances ou la manifestation de son amour? A-t-elle établi, développé, raffermi ou renversé un système social? A-t-elle fécondé le sein de notre mère, la sainte religion? ou bien en a-t-elle tué les enfants ou fait avorter les fruits?

I.

Époques des croisades.

On compte, en général, huit grandes croisades. Elles remplissent une période de près de deux siècles. Ces guerres furent prêchées par des saints, décrétées dans des conciles, publiées par des pontifes, entreprises par des héros chrétiens.

La première croisade, prêchée par Pierre l'Ermite, a été publiée au concile de Clermont par Urbain II, en 1095. Son principal héros fut Godefroid de Bouillon. Heureuse dans ses résultats, elle eut pour suite le recouvrement de la Terre-Sainte et l'établissement de plusieurs principautés européennes en Asie. Le nouveau royaume de Jérusalem, fondé par Godefroid, ne compta que quatre-vingt-sept années d'existence, sous neuf rois chrétiens (1099-1187).

La seconde croisade, prêchée par saint Bernard, fut publiée par Eugène III, en 1146. Conrad, empereur d'Allemagne, et Louis VII, roi de France, se mirent à la tête des croisés. Elle n'eut que des suites malheureuses.

En 1188, Clément III publia une troisième croisade. Saladin venait de prendre Jérusalem et de détruire ce royaume. L'empereur Frédéric Ier, Philippe-Auguste et Richard Cœur-de-Lion faisaient favorablement augurer de cette entreprise; mais que peuvent les armées les plus nombreuses, conduites par les plus vaillants capitaines, quand la discorde s'empare des chefs? La désunion qui s'éleva entre le roi de France et le roi d'Angleterre rendit les plus héroïques efforts inutiles. La prise d'Acre et une victoire remportée par Richard sur Saladin furent presque les seuls fruits de tant de sang prodigué.

A la mort de Saladin (1195), Célestin III publia une quatrième croisade. Elle fut sans suites.

La cinquième croisade, publiée par Innocent III, en 1198, fut une des plus importantes. Les croisés s'emparèrent de Constantinople et y établirent l'empire latin; cet empire ne compta que cinquante-sept années d'existence (1204-1261). Les Grecs reprirent leurs anciennes possessions.

En 1215, Innocent III publia une sixième croisade. La mésintelligence des princes chrétiens causa de tristes revers. C'est alors qu'eut lieu la *croisade d'enfants*.

La septième croisade, annoncée par Grégoire IX, ne fut décrétée qu'au concile de Lyon, tenu en 1245, sous Innocent IV. Louis IX en fut le héros, la royale et sainte victime, par l'imprudente valeur du comte d'Artois, son frère. Il tomba au pouvoir de l'ennemi avec une grande partie de son armée.

Enfin, saint Louis entreprit la huitième et dernière croisade en 1270. Mais ce valeureux prince avait assez vécu pour le ciel, quoique trop peu pour la terre. La peste l'atteignit; il y succomba. Après ce coup de foudre, son armée rentra en France.

Cet aperçu suffit pour faire voir que les croisades eurent d'heureux succès, mais donnèrent aussi lieu à d'irréparables malheurs. Tant de revers dans les dernières expéditions affaiblirent le goût de ces entreprises. La puissance chrétienne en Palestine marchait à grands pas vers sa ruine : en peu d'années, toute la terre conquise par les chevaliers chrétiens retomba au pouvoir des sultans d'Égypte.

A quoi faut-il attribuer cette décadence? N'est-ce pas à la corruption des cœurs qui affaiblissait l'amour de la foi? « Pour détruire un empire qui perd la religion, a dit un grand orateur (1), « Dieu n'aura pas besoin de déployer sa puissance » en lançant la foudre, et le ciel pourra se reposer sur la terre du soin de le venger et de la » punir. »

(1) P. de Neuv., *Panégyrique de saint Augustin.*

II.

Jugements erronés.

Les croisades ont été très-diversement appréciées. Il faut attribuer la cause de cette divergence d'opinions aux changements introduits successivement dans l'étude de l'histoire, à la mauvaise foi des protestants et des incrédules dans les discussions historiques, et à l'empire des préjugés répandus de toutes parts contre l'action de l'Église.

Expliquons ces causes d'erreurs, et esquissons l'histoire des attaques livrées au principe des guerres saintes.

Au moment même de cette grande entreprise, personne ne révoquait en doute si elle était juste. Loin d'y soupçonner une cause illégitime, le cri universel, le mot d'ordre de cette armée de pèlerins guerriers ne cessa d'être : Dieu le veut! Dieu le veut! Tous les chrétiens du monde regardaient la croisade comme un pieux devoir. Cette appréciation changera bientôt de face.

Au XIe et au XIIe siècle, les Albigeois et les Vaudois commencèrent à attaquer le principe des guerres saintes et à nier la justice de ces belliqueuses entreprises. Les protestants du XVIe siècle renouvelèrent ces calomnies avec aigreur : les uns déclarèrent les croisades injustes ; les autres, plus modérés, révoquèrent en doute la justice de cette cause. Viennent ensuite les incrédules : d'une plume trempée dans le fiel, ils tracent les portraits de tous ces papes, prétendus ambitieux, qui, pour leur propre intérêt, ont allumé en Europe le feu de la désolation et promené le brandon des discordes sur toute la terre. Avec l'arme de l'ironie et du sarcasme qu'ils manient si habilement, ils attaquent les fidèles historiens de ces temps religieux et chevaleresques, et déversent le blâme sur une époque unique dans les annales du monde. Leurs cris retentissent encore chaque jour à nos oreilles ; et chaque jour aussi les pages séductrices de leurs livres font de tristes victimes de l'erreur. De là, et nous le disons avec une sensible peine, quelques catholiques, aveuglés par cette philosophie du matérialisme, par cet esprit de vertige qui est le caractère du xviiie siècle, ont, eux aussi, attribué la cause des croisades à l'inquiète ambition des papes ; ils ont déchiré la mémoire de ces pontifes magnanimes auxquels l'Europe doit le bienfait inestimable de la conservation du christianisme, et les États, le plus solide appui de ces trônes qui, s'ébranlant chaque jour sous les pas des rois, tomberaient encore plus vite dans la poussière, si la main qui tient les clefs du ciel n'en avait ou jeté ou consolidé les antiques fondements.

L'injustice de l'entreprise n'a pas été le seul reproche fait aux croisades. Il fallait flétrir les conséquences avec le principe, calomnier les résultats avec les causes, et couvrir ainsi de boue toute cette vieille gloire de nos chevaleresques ancêtres. Tous les reproches, toutes les calomnies furent résumées en un seul mot, et l'on fit sonner bien haut que ces guerres, suscitées par l'ambition des papes et le fanatisme des peuples, avaient été une source de maux incalculables pour l'Europe et pour l'Église.

Les auteurs de ces accusations reçurent, dans ces derniers temps, de nombreux adeptes. Les malheurs de l'Europe furent déplorés avec amertume et attribués aux croisades par des écrivains, recommandables d'ailleurs, qui traitèrent la question de la civilisation, de la politique, de l'industrie, du commerce; les prétendus malheurs de l'Église devinrent le sujet des lugubres complaintes de ceux qui exaltent à l'envi la sévère discipline de la primitive Église et voudraient la rétablir.

Les adversaires qui dénigrent la cause des croisades sont en grand nombre. La mauvaise foi et l'antipathie religieuse dictèrent à plusieurs des propositions erronées; d'autres jugèrent ces

» temps au point de vue de l'esprit du siècle où ils écrivaient, sans tenir compte des institutions gouvernementales, des coutumes reçues, en un mot, de l'état social et religieux de cette période du moyen âge. Dans la partie justificative de cette dissertation, nous aurons surtout en vue les centuriateurs de Magdebourg, Eibel, Jean-Laurent Mosheim, l'abbé Fleury, les encyclopédistes, et surtout le coryphée de tous les ennemis de notre sainte religion, le sceptique et impie Voltaire. La France a passé par le voltairianisme; la Belgique en subit encore les doctrines.

Quelles furent les principales causes des croisades? Diverses opinions ont été émises. D'après l'Encyclopédie, c'est « le recouvrement » des lieux saints. Il est vrai, ajoute l'auteur, que » cet événement extraordinaire fut préparé par » plusieurs circonstances, entre lesquelles on » peut compter l'intérêt des papes et de plusieurs » souverains de l'Europe; la haine des chrétiens » pour les musulmans; l'ignorance des laïques, » l'autorité des ecclésiastiques, l'avidité des » moines; une passion désordonnée pour les ar- » mes, et surtout la nécessité d'une diversion qui » suspendit les troubles intestins qui duraient » depuis longtemps. Les laïques chargés de crimes » crurent qu'ils s'en laveraient en se baignant

» dans le sang infidèle; ceux que leur état obli-
» geait, par devoir, à les désabuser de cette er-
» reur, les y confirmaient, les uns par imbécil-
» lité et faux zèle, les autres par une politique
» intéressée, et tous conspirèrent à venger un
» ermite picard des avanies qu'il avait essuyées
» en Asie, et dont il supportait en Europe le
» ressentiment le plus vif. »

D'autres historiens, catholiques, protestants ou impies, assignent d'autres causes encore à ces expéditions : le fanatisme du peuple, les fausses notions que les hommes avaient de la religion dans ces temps barbares, l'usage communément reçu des peuples et des souverains de faire des pèlerinages en Terre-Sainte, les cris de détresse que poussaient les chrétiens d'Asie du fond de leurs cachots ou sous les coups du cimeterre, la nécessité de prendre l'offensive contre les Arabes en Asie, afin d'arrêter leurs conquêtes en Europe; le désir d'étendre le commerce, l'ambition cachée des rois, d'accord avec l'ambition plus ouverte des papes; l'oppression servile du peuple, une passion désordonnée pour les armes, l'amour du merveilleux, le génie audacieux des chevaliers qui couraient le monde pour chercher aventure, les troubles intérieurs des États et les guerres civiles qui désolaient l'Europe; le malaise de la société.

Voilà le résumé des causes que divers auteurs assignent à ces guerres. Nous en pèserons la valeur à mesure que l'ordre de cet essai critique les présentera à l'esprit.

L'étude des documents de l'histoire nous conduit à distinguer dans les croisades quatre espèces de causes : la cause providentielle, la cause occasionnelle, la cause finale et la cause déterminante.

III.

Cause providentielle.

Dieu veille au haut des cieux ; sa main soutient le monde et le gouverne au gré de ses désirs. L'imperceptible grain de poussière que notre pied soulève obéit à sa loi, et le plus léger mouvement d'un atome a été ordonné de toute éternité. Il n'existe ni temps, ni espace, ni force, qui ne porte l'empreinte de son doigt : *Digitus Dei est hic, le doigt de Dieu est ici*, voilà l'hymne solennel de toute la création. Mais celui qui donne un moucheron à l'oiseau du ciel, un brin d'herbe à l'animal de la terre, une brillante parure aux lis de nos jardins et une féconde moisson au sein de nos campagnes, semble surtout faire éclater sa gloire dans le gou-

vernement du chef-d'œuvre de sa toute-puissance, dans le gouvernement du genre humain. Il le mène, comme un seul homme, vers ses destinées éternelles. C'est à ce but sublime que Dieu fait servir le monde avec ses vicissitudes. Dans l'antiquité, il choisit son peuple élu, le bien-aimé de son cœur; il fit surgir du sol quatre formidables monarchies pour faire longtemps trembler la terre, et se servit tour à tour d'elles, ou pour châtier son peuple élu, dans ses prévarications; ou pour le rétablir, dans sa décadence; ou pour le défendre, dans ses périls; ou pour le fortifier, dans ses faiblesses; ou pour l'éprouver, dans ses torpeurs. Quand ces monarchies eurent rempli leur mission et que le peuple de Dieu dut finir, elles s'écroulèrent toutes, les unes sur les autres. Dieu lança les Romains sur la Palestine pour exterminer le peuple élu, devenu depuis longtemps un peuple ingrat. Les Romains conduisirent leurs armées victorieuses sur les débris des trônes des Assyriens, des Mèdes, des Perses et des Grecs, et l'empire romain réunit seul tous ces empires divers.

C'était un grand dessein de la Providence; elle préparait ainsi l'empire chrétien qui devait étendre ses limites jusqu'aux confins de la terre; elle fit Rome la capitale de la chrétienté, elle lui donna le sceptre du royaume de Jésus-Christ.

L'Église est fondée sur le roc; dans son sanctuaire s'entretient le foyer de cette céleste flamme, phare immense qui domine la terre et les mers pour éclairer le monde et guider la course du genre humain régénéré. Faible dans ses principes, cette Église devient forte par la lutte; après trois siècles de persécutions, elle respire : un de ses enfants venait de monter sur un trône. Quand l'empire romain, vieillard desséché jusque dans son germe de vie, entraîna dans sa chute tous les restes de l'édifice antique, l'Église commença sa mission sociale. Les principes catholiques devinrent la base de la société nouvelle, du vaste État dont le chef est le vicaire de Jésus-Christ, le souverain pontife. Dès lors l'Église commença à jeter les fondements des monarchies européennes; elle développa leur vigoureuse séve et donna au genre humain une force qu'il avait ignorée jusque-là et qu'il n'a plus eue depuis. Elle le préserva aussi plus d'une fois des plus grands désastres. Cette influence conservatrice et régénératrice de l'Église se fait sentir surtout dans le XIe siècle.

Rappelons-nous d'abord l'état de la société à cette époque, et laissons parler le célèbre auteur de l'histoire des croisades, M. Michaud :

« L'empire grec se précipitait vers sa ruine au » milieu des révolutions et des guerres civiles.

» Depuis le règne d'Héraclius, Constantinople » avait vu onze de ses empereurs mis à mort » dans leurs propres palais. Six de ces maîtres » du monde avaient terminé leurs jours dans » l'obscurité des cloîtres ; plusieurs avaient été » mutilés, privés de la vue, envoyés en exil ; la » pourpre ne décorait plus que de méchants » princes ou des hommes sans caractère et sans » vertu. Ils ne s'occupaient que de leur conser- » vation personnelle, et partageaient leur pou- » voir avec les complices de leurs crimes, qu'ils » redoutaient sans cesse ; souvent même ils sa- » crifiaient des villes et des provinces pour ache- » ter des ennemis quelques moments de sécurité, » et semblaient n'avoir rien à demander à la for- » tune, si ce n'est que l'empire durât autant que » leur propre vie........

» Les Grecs conservaient encore de grands » noms, de grands souvenirs dont ils étaient » fiers, et qui ne servaient qu'à montrer leur » faiblesse. Au milieu du luxe de l'Asie et des » monuments de la Grèce et de Rome, ils n'é- » taient guère moins barbares que les autres » peuples.....

» Chez les Grecs, la ruse et la perfidie étaient » décorées du nom de politique, et recevaient » les mêmes éloges que la valeur ; ils trouvaient » aussi glorieux de tromper leurs ennemis que » de les vaincre......

» Leurs soldats se faisaient suivre à la guerre » par des chariots légers qui portaient leurs ar- » mes; ils avaient perfectionné toutes les ma- » chines qui peuvent suppléer à la bravoure... » Leurs armées déployaient un grand appareil » militaire; mais elles manquaient de soldats. » La seule chose qu'ils eussent conservée de » leurs ancêtres, c'était un esprit turbulent et » séditieux qui se mêlait à leurs mœurs efféminées, » et qui éclatait surtout au milieu des dangers » de la patrie. La discorde agitait sans cesse » l'armée et le peuple; on se disputait encore » avec acharnement un empire menacé de toutes » parts, et dont on abandonnait la défense à des » barbares. Enfin, la corruption des Grecs était » si grande qu'ils n'auraient su supporter ni un » bon prince, ni de bonnes lois.....

« Les Grecs, dans leurs disputes théologiques, » avaient perdu le véritable esprit de l'Évangile, » et chez eux tout était corrompu, jusqu'à la re- » ligion (1). »

Tandis que l'Orient se précipitait ainsi vers sa ruine, l'Occident n'offrait pas un spectacle moins triste.

L'Europe, par son système féodal et la foule des armées établies sur toute sa surface sans lien

(1) *Hist. des crois.*, t. I, p. 48, etc.

d'unité, ressemblait à un vaste camp; et néanmoins les États attaqués par les ennemis du dehors trouvaient souvent à peine quelques défenseurs. « Au milieu de la confusion générale, » dit M. Michaud, « il n'y avait de sécurité que dans » les camps et les forteresses, tour à tour la sauvegarde et la terreur des bourgs et des campagnes. Les plus grandes villes n'offraient » aucun asile à la liberté; la vie des hommes » était comptée pour si peu de chose, qu'on pouvait, avec quelques pièces de monnaie, acheter » l'impunité du meurtre. C'est le glaive à la » main qu'on invoquait la justice; c'est par le » glaive qu'on poursuivait la réparation des torts » et des injures : la langue des barons et des » seigneurs n'avait point de mots pour exprimer » le droit des gens, la guerre était toute leur » science; elle était toute la politique des princes » et des États (1). »

Ces divisions intestines, ces guerres sanglantes entre les vassaux et leurs suzerains, tout cet état de choses était ruineux pour l'ordre social. La force seule tenait le serf à la glèbe; la force seule défendait le seigneur dans son château. Mais il est si contraire au sentiment de la liberté innée dans l'homme, de se laisser conduire longtemps

(1) P. 49.

par la force, de vivre longtemps dans un état de violence! Il ne restait donc en perspective que la licence ou l'oppression, deux calamités également destructrices. Ce dénoûment aurait produit en Europe des maux incalculables : ou bien, le pouvoir, assis sur une base branlante, aurait croulé si le peuple eût proclamé une émancipation sauvage; ou bien, le pouvoir aurait dégénéré en sanguinaire tyrannie et étouffé dès lors dans son germe cet élan d'un peuple qui devait conquérir et fonder. Dans l'une et l'autre hypothèse, la civilisation s'en allait en exil et la barbarie reprenait sa place. Pour la ramener en Occident, il n'aurait plus fallu des Goths, des Huns, des Vandales, des Normands; depuis les empereurs d'Allemagne et les rois de France jusqu'à l'esclave, tout conspirait pour rétablir son règne. Quel drame de scènes mouvantes se jouait alors sur ce sanglant théâtre de l'Europe!

Interrogeons les conseils de la divine Providence. Quel sort réserve-t-elle à l'Orient? Quel sort réserve-t-elle à l'Occident?

Nous avons vu l'Orient dégénéré, les empereurs avilis, le Grec, jadis si fier et si brave, devenu lâche et sans noblesse, la religion soumise à de subtiles controverses, le trône illustre de Constantin chancelant et ruineux. Dieu précipitera-t-il la chute de cet empire, ou rétablira-t-il son ancienne splendeur?... Sa sagesse veut conserver le trône fondé par Constantin; mais il le lavera des souillures dont ses successeurs l'ont infecté et appellera d'ailleurs des princes plus dignes de s'y asseoir. Cette grande révolution va commencer.

En Occident, la société en était venue à ce point de crise où tout être qui se développe subit une réaction, une espèce de métamorphose. A considérer cette époque du moyen âge, il semble que le monde politique, intellectuel et moral était dans cette alternative de marcher à grands pas vers la civilisation, ou d'être précipité de nouveau dans la barbarie. Dieu veut-il ici perfectionner ou détruire? Ses desseins sont manifestes; les monarchies européennes fondées par le christianisme doivent être raffermies et civilisées par la même influence salutaire. La civilisation de la société nouvelle est décrétée dans les conseils des cieux.

La régénération de l'Orient, la civilisation de l'Occident, voilà le double but de la Providence. Quels moyens emploiera-t-elle pour atteindre cette fin? Quel sera le peuple privilégié qu'elle choisira pour cette noble mission?

Quand Dieu va destiner un peuple à l'exécution de ses éternels desseins, sa providente sagesse contemple toutes les nations de la terre.

Elle appelle le peuple qui a en lui-même le mobile de l'œuvre qu'elle médite.

Quel peuple sera le régénérateur de l'Orient? Sera-ce le peuple grec lui-même? Mais il manque de vigueur, il a fermé les yeux sur ses propres maux et s'est endormi du sommeil de l'indolence et de la volupté. Voyez s'avancer vers Constantinople les Turcs Seldjoukides. Dieu va s'en servir, comme il se servit autrefois des Perses pour rétablir son peuple élu. Mais la horde barbare et belliqueuse de ces Turcs est bien différente des premiers Arabes; sauvages comme les déserts qui les ont vus naître, ils portent dans l'Orient tous les vices qu'enfantent l'ignorance et la passion de la chair; ennemis par nature et par religion de toute espèce de lumières, ils ne laissent derrière eux que les traces de la barbarie. Est-ce là un instrument capable de raffermir les fondements de l'empire de Constantinople?

Quel peuple sera le civilisateur de l'Occident? Cette partie de l'Europe se relèvera-t-elle elle-même de l'anarchie? Mais que peut-on attendre d'une multitude immense sans lien et sans chef? Un royaume divisé doit périr sans retard, et les édifices crouler les uns sur les autres; un vaisseau n'échappe pas à la tempête, si chaque matelot tourne le gouvernail selon ses caprices, si chaque passager dirige les voiles et les cordages.

Or, si la conservation d'un État requiert l'unité, sa régénération s'opérera-t-elle sans une volonté unique qui ordonne et gouverne tout? Cette unité n'existait point en Occident; nous l'avons vu.

Écoutez! Admirez ici le chef-d'œuvre de la sagesse éternelle. Celui qui dispose tout et atteint ses fins avec force et douceur, va d'un seul coup et par un seul moyen atteindre son double but, changer la face de l'Orient et de l'Occident.

Pour mieux disposer les esprits à cette entreprise, il y fait concourir une foule de circonstances favorables à ses desseins.

Tous les éléments divers seront unis par un lien commun : la religion. Un cri de ralliement: *Dieu le veut!* opérera des merveilles. Cette parole que Dieu bénira sur la lèvre de son nouveau Gédéon guérira la société malade. Elle commandera aux Turcs et aux Sarrasins de respecter Jérusalem et Constantinople; elle tirera les Grecs de leur molle apathie; Dieu lui-même la gravera sur le dais royal qui abritera des princes chrétiens sur le trône de la ville de Constantin, sur le trône de la cité du Fils de l'Éternel. Cette parole : *Dieu le veut!* sera le cri d'alliance des peuples de l'Europe; écrite sur les écussons, les armoiries et les bannières, elle établira cette unité civilisatrice qui sauve les sociétés.

Ainsi la croix triomphera et des ruines et de la barbarie.

Cette considération nous mène au développement de la cause occasionnelle des croisades.

IV.

Cause occasionnelle.

Le même Dieu qui avait destiné les croisades à régénérer le monde, à étendre les limites de la civilisation, conduisit de loin les hommes et disposa les circonstances à l'exécution de cette vaste entreprise.

L'influence de la papauté sur l'esprit des peuples, le goût des pèlerinages, le retour de Pierre l'Ermite, les instances de l'empereur de Constantinople ; voilà les principaux faits qui donnèrent occasion aux croisades.

Dans ces siècles de foi, le père commun des fidèles avait sur les peuples cet ascendant paternel qui, sans les rendre esclave, les fait marcher vers un même but, le salut de tous. Cet ascendant moral prépara longtemps toutes les grandes entreprises de civilisation et de liberté.

Gerbert, archevêque de Ravenne et de Rheims, devenu pape sous le nom de Silvestre II, fit le premier retentir aux oreilles des chrétiens d'Europe les complaintes des chrétiens d'Asie. Témoin lui-même des malheurs des Orientaux dans son voyage à Jérusalem, il dépeignit, à son retour en 986, de si lamentables calamités. Il faisait parler Jérusalem. Cette ville malheureuse, sur qui le Seigneur avait pleuré, n'avait pas voulu se rendre à la voix de son Dieu; elle déplorait maintenant ses infortunes et ses infamies, et demandait aux héros d'outre-mer s'il n'y avait pas en Europe quelques mains guerrières et chrétiennes qui voulussent venir briser ses fers, renverser le croissant et relever la croix (1). Cette parole éloquente, répandue par des lettres sur l'Europe entière, produisait dans les cœurs la plus profonde sensation.

Quand Michel Ducas, empereur de Constantinople, réclama l'assistance des princes chrétiens contre les insultantes usurpations des musulmans, Grégoire VII, au milieu des tumultueuses altercations de l'empire et du sacerdoce, tourna ses vues vers la Palestine. Il épancha dans ses lettres les pénibles émotions de sa grande âme et exhorta les princes chrétiens et les peuples à se réunir autour de l'étendard du

(1) Lettre de Gerbert. V. *Hist. de France*, par dom Bouquet, t. x. — *Bibl. des croisades*, t. I, p. 659. — Michaud, t. I, p. 50.

Calvaire pour aller ravir la terre de miracles aux profanations des fils de Mahomet. Il leur faisait entendre le bruit des chaînes de tant de chrétiens captifs, les cris de douleur de ceux qui expiraient sous les coups du cimeterre, les voix tristement confuses qui demandaient la fin de l'esclavage et l'aurore du beau jour de la liberté (1).

Déjà plus de cinquante mille hommes s'étaient présentés pour la défense d'une si noble cause. Grégoire lui-même est sur le point de passer en Orient; mais les perfidies et les tergiversations de l'empereur Henri IV élèvent une barrière devant les pas de cet héroïque pontife, dont la mer, les déserts et les plus dures privations n'auraient pu arrêter le religieux courage.

La défense de la religion et des chrétiens d'Asie, demandée avec une chaleureuse éloquence par des souverains pontifes à un peuple jaloux de sa foi, devait enflammer d'autant plus les cœurs que le goût des pèlerinages tournait sans cesse les vues vers la Terre-Sainte et le tombeau de Jésus-Christ.

« L'envie de se sanctifier par le voyage de Jé-
» rusalem devint à la fin si générale, que les
» troupes de pèlerins alarmèrent par leur nom-

(1) *Epist.*, L. 1. Ep. 49. L. 2. Ep. 51. 57. V. Labbe

» bre les pays qu'elles traversaient; quoiqu'elles » ne cherchassent pas les combats, on les dési- » gnait déjà sous le nom d'*armées du Seigneur* » (exercitus Domini); et plusieurs monuments » historiques nous apprennent que les chrétiens » portaient souvent, dans leur pèlerinage à Jéru- » salem, une image de la croix, comme on la porta » plus tard dans les guerres entreprises pour la » délivrance du saint tombeau. Dans l'année » 1054, Lietbert, évêque de Cambrai, partit » pour la Terre-Sainte, suivi de plus de trois » mille pèlerins des provinces de Picardie et de » Flandre.....

» Dix ans après le voyage de Lietbert, sept » mille chrétiens, parmi lesquels on comptait » l'archevêque de Mayence, les évêques de Ra- » tisbonne, de Bamberg, d'Utrecht, partirent » ensemble des bords du Rhin pour se rendre » dans la Palestine.....

» Parmi les pèlerinages de cette époque, l'his- » toire a remarqué ceux de Robert le Frison, » comte de Flandre, et de Béranger, comte de » Barcelone... Les deux princes avaient été pré- » cédés dans la Palestine par Frédéric, comte » de Verdun. Frédéric était de l'illustre famille » qui devait un jour compter parmi ses héros » Godefroid de Bouillon (1). »

(1) Michaud, 41-43.

Tandis que les pensées de l'Occident se portaient vaguement sur l'Asie, parut tout à coup sur la scène du monde un homme aussi extraordinaire que le secret de Dieu qu'il devait révéler. D'un extérieur bas et grossier, d'une origine si peu connue qu'on dispute si elle fut noble ou plébéienne, mais d'un génie élevé et puissant, d'un esprit actif et hardi, d'un caractère énergique et entreprenant, d'une âme bouillante et orageuse, cet homme sort d'une profonde solitude, sonne le clairon des combats et donne le signal de la plus audacieuse des entreprises. C'était Pierre l'Ermite.

Pierre avait suivi en Palestine les bandes de pèlerins qui allaient visiter les saints lieux. La vue de Jérusalem émut vivement son cœur; les maux dont elle était accablée produisirent sur lui une compatissante tristesse. Il suivit les autres pèlerins sur le Calvaire et au tombeau de Jésus-Christ. Dans ces lieux augustes, couverts encore du deuil divin et déjà souillés de tant d'infamies et de sacriléges, le pieux solitaire se livrait aux doux loisirs de la méditation. Dieu travailla lui-même cette âme qu'il destinait à accomplir de si grandes choses. Pierre l'Ermite se rend auprès du patriarche de Jérusalem et lui communique ses desseins. Siméon se décide à implorer, par lettres, le secours du pape et des princes de l'Europe; le pieux pèlerin promet d'enflammer les cœurs des héros chrétiens, d'armer l'Occident contre l'Orient.

Heureux d'être l'interprète des vœux du patriarche et chargé de ses lettres, Pierre l'Ermite quitte la Terre-Sainte et va se prosterner humblement aux pieds du pape. Urbain II embrasse un projet que déjà ses prédécesseurs avaient médité.

L'Ermite parcourt l'Europe, prêche la croisade, enflamme les courages. Le peuple accourt, bénit ce saint vieillard, lui offre des dons, des richesses et des secours. Les plus courageux promettent de donner leur vie pour la délivrance de la Palestine. Pierre ne se contenta pas d'exciter dans les cœurs quelques nobles désirs. Il savait que le peuple se laisse facilement émouvoir et que son émotion se calme avec plus de facilité encore. Semblable au vaisseau que les vagues de la tempête lancent tantôt dans les cieux et précipitent tantôt dans l'abime, le peuple se laisse tour à tour enthousiasmer et abattre. Pierre donc passait et repassait sans cesse, renouvelant dans les imaginations de lugubres tableaux, dans les cœurs d'ineffables gémissements. Persuadé lui-même qu'il tenait du ciel sa noble mission, il fait passer cette persuasion intime dans l'âme des peuples qu'il venait appeler au secours des lieux saints. Dieu lui-même, disait-il, parlait par sa bouche ; Dieu lui-même lui avait confié cette sublime mission. Un jour, dans l'église de la Résurrection, prosterné devant le saint sépulcre, il avait entendu une voix ! voix mystérieuse, voix divine, voix de Jésus-Christ. Cette voix lui disait : « Pierre, lève-toi ; cours annoncer les tribulations de mon peuple ! Que mes serviteurs soient secourus, que les lieux saints soient délivrés ! » Longtemps après, et sur mer et sur terre, et dans ses courses et dans ses voyages, ces paroles retentissaient encore à ses oreilles : « Pierre, lève-toi, que les lieux saints soient délivrés ! »

Tandis que l'Occident écoutait la voix de Pierre l'Ermite, l'empire de Constantinople tremblait sur ses fondements mal assurés. Les Sarrasins l'avaient attaqué et redoublaient leurs coups ; ils portaient jusque sous les murs de Constantinople le fer et le feu. Cette ville était menacée d'une ruine complète. Du haut des remparts, les habitants voyaient avec effroi briller les armes des Turcs au delà du Bosphore ; ils voyaient la poussière des combats soulevée par les pas des chevaux et les roues des chariots de guerre. Dans ces conjonctures, Alexis Comnène implore le secours des Latins par des lettres qu'il adressa au pape Urbain II. Celui-ci convoque le concile de Plaisance. Une députation de l'empereur de Constantinople est admise dans cette réunion majestueuse; par l'intermédiaire de ses délégués, Alexis conjure le pape et tous les chrétiens de lui porter secours, dans l'intérêt même de l'Église de Jésus-Christ, que les Turcs attaqueraient avec rage, s'ils parvenaient à s'emparer de Constantinople.

Urbain excite les fidèles à voler en Palestine pour secourir des frères opprimés; il engage plusieurs pieux chevaliers à promettre par serment de porter en Asie ce courage chrétien que le signe du Calvaire avait enflammé dans leurs cœurs (1).

Cependant aucune décision ne fut prise dans le concile de Plaisance; mais il ouvrit les voies. Ces idées devaient mûrir; la réflexion les développera, et au concile de Clermont les cris de *Dieu le veut! Dieu le veut!* donneront le signal de la guerre.

Ainsi l'influence de la papauté, le goût des pèlerinages, le retour de Pierre l'Ermite et le péril de Constantinople préparèrent les esprits. Cet ensemble de circonstances fut l'occasion, ménagée par la Providence, pour faire proposer dans le concile de Clermont la cause finale des

(1) Bertholde, auteur contemporain. V. Labbe, t. x, p. 501.

croisades : le recouvrement de la Terre-Sainte et la délivrance du tombeau de Jésus-Christ.

V.

Cause finale.

Une fermentation générale régnait dans l'Europe chrétienne; il ne fallait plus que fixer ces pieux élans de foi et cette fougueuse passion de la gloire. C'est ce que fit Urbain II au concile de Clermont. Il dirigea les esprits et les cœurs vers un but commun et religieux : le recouvrement de la Terre-Sainte et la délivrance du tombeau du Sauveur; but qui n'était au fond que la défense de la religion de Jésus-Christ contre les injustes attaques des musulmans. Telle fut la cause finale des croisades, comme nous l'allons voir.

Entouré de toute la pompe de la cour romaine et des princes les plus illustres de l'Occident, Urbain lève la bannière de cette glorieuse expédition. Imposant silence de la main etjetant les regards vers le ciel : « Vous savez, mes frères, dit-il, que le Sauveur du genre humain s'est revêtu d'une chair mortelle pour notre salut. Homme comme le dernier des hommes, il a illustré par sa présence la terre promise de toute antiquité au peuple élu ; il l'a consacrée à jamais par ses actions et par ses miracles. Il a aimé cette petite portion de terre d'un amour de prédilection ; il a daigné l'appeler son héritage, lui dont l'immensité remplit la terre et toute son étendue...

» Un peuple sans Dieu, le fils de l'Égypte esclave, occupe, par la violence, le berceau de notre salut, la patrie de notre Seigneur, la mère de notre religion ; et ce peuple impose les dures lois de la servitude aux enfants d'une mère libre, enfants privilégiés, dont lui-même aurait dû être l'esclave.

» Il est écrit : « Rejetez la mère esclave et » son fils. » Le Sarrasin, peuple impie, sectateur de fausses traditions, tient depuis longtemps sous sa domination tyrannique les lieux saints qui portent l'empreinte des pas du Sauveur. Il a réduit les fidèles en servitude ; des hommes plus impudents que l'animal qui est l'emblème de l'impudence, sont entrés dans le temple, dans le lieu saint ; le saint des saints, le sanctuaire a été profané ; le peuple le plus fidèle au vrai culte de Dieu a été humilié, la race choisie subit d'indignes traitements, le sacerdoce royal est condamné aux plus vils travaux.....

» Quelle âme resterait insensible au récit de ces vexations ? Quelles entrailles ne seraient émues ?

» Qui pourrait, mes frères, l'entendre sans verser des larmes? Le temple du Seigneur est devenu le siége du démon... *le temple du Seigneur est devenu comme un homme ignoble, et les vases sacrés de sa gloire ont été enlevés comme des captifs...*

» O vous tous, princes, pasteurs et fidèles chéris, armez-vous du zèle du Seigneur, ceignez vos glaives, soyez les fils du Puissant. Il vaut mieux mourir dans le combat que de voir les maux de notre peuple et la misère des saints. Si quelqu'un a le zèle de la maison de Dieu, qu'il se joigne à nous; volons au secours de nos frères, brisons leurs chaînes, rejetons le joug sous lequel leurs nobles fronts sont courbés! Partez! et Dieu sera avec vous (1). »

« Les paroles d'Urbain, dit M. Michaud, pé-
» nétraient, embrasaient tous les cœurs, et res-
» semblaient à la flamme ardente descendue du
» ciel. L'assemblée des fidèles, entraînée par un
» enthousiasme que jamais l'éloquence humaine
» n'avait inspiré, se leva tout entière et lui ré-
» pondit par un cri unanime : Dieu le veut!
» Dieu le veut! Oui sans doute, Dieu le veut,
» reprit le saint pontife, et vous voyez aujour-
» d'hui l'accomplissement de la parole du Sau-

(1) Vid. in collect. *Bongarsii*, Wilh. Tyr. l. I., c. xv. Fulch. Carnot, p. 343. Rob. Mon., p. 31.

» veur qui a promis de se trouver au milieu des » fidèles assemblés en son nom : c'est lui qui » vous a dicté ces paroles que je viens d'entendre ; qu'elles soient votre cri de guerre, et » qu'elles annoncent partout la présence du » Dieu des armées. — En achevant ces mots, le » pontife montra à l'assemblée des chrétiens le » signe de leur rédemption. — C'est Jésus-Christ » lui-même, leur dit-il, qui sort de son tombeau et qui vous présente sa croix : elle sera » le signe, élevé entre les nations, qui doit rassembler les enfants dispersés d'Israël ; portez-» la sur vos épaules ou sur votre poitrine ; qu'elle » brille sur vos armes et sur vos étendards ; elle » deviendra pour vous le gage de la victoire ou » la palme du martyre ; elle vous rappellera sans » cesse que Jésus-Christ est mort pour vous et » que vous devez mourir pour lui.

» Lorsque Urbain eut cessé de parler, de vives » acclamations se firent entendre. La pitié, le » désespoir, l'indignation, agitaient à la fois » l'assemblée tumultueuse des fidèles : les uns » versaient des larmes sur Jérusalem et sur le » sort des chrétiens ; les autres juraient d'exterminer la race des musulmans (1). »

Ce discours d'Urbain II montre clairement

(1) Michaud, t. 1, p. 56.

que la croisade fut proposée dans un but éminemment religieux : la grande bataille devait se livrer entre la religion de Jésus-Christ et celle de Mahomet.

« N'apercevoir dans les croisades, dit l'illustre » auteur de l'*Itinéraire de Paris à Jérusalem*, » que des pèlerins armés qui courent délivrer » un tombeau en Palestine, c'est montrer une » vue très-bornée en histoire. Il s'agissait, » non-seulement de la délivrance de ce tombeau sacré, mais encore de savoir qui devait » l'emporter sur la terre, ou d'un culte ennemi » de la civilisation, favorable par système à » l'ignorance, au despotisme, à l'esclavage, ou » d'un culte qui a fait revivre chez les modernes » le génie de la docte antiquité et aboli la servitude. Il suffit de lire le discours d'Urbain II au » concile de Clermont, pour se convaincre que » les chefs de ces entreprises guerrières n'avaient » pas les petites idées qu'on leur suppose, et » qu'ils pensaient à sauver le monde d'une inondation de nouveaux barbares (1). »

« On ne voyait plus la religion, dit M. Michaud, que dans la guerre contre les Sarrasins ; » et la religion qu'on entendait ainsi, ne permettait point à ses défenseurs enthousiastes de

(1) *Itin. de Paris à Jér.*, t. II, p. 270.

» voir une autre félicité, une autre gloire que
» celle qu'elle présentait à leur imagination
» exaltée. L'amour de la patrie, les liens de la
» famille, les plus tendres affections du cœur furent sacrifiés aux idées et aux opinions qui entraînaient alors toute l'Europe..... Le pouvoir
» des lois n'était compté pour rien parmi ceux
» qui croyaient combattre pour la cause de
» Dieu. Les sujets reconnaissaient à peine l'autorité des princes ou des seigneurs dans tout ce
» qui concernait la terre sainte; le maître et l'esclave n'avaient d'autre titre que celui de chrétien, d'autre devoir à remplir que celui de
» défendre la religion les armes à la main (1). »

« Ce n'était plus pour son intérêt, dit Hurter,
» dans son *Essai sur l'influence des croisades*,
» pour son avantage, que le guerrier chrétien
» allait combattre; c'était pour l'honneur de la
» foi, pour l'Église dont il était membre, pour
» Jésus-Christ, pour Dieu lui-même. Ainsi (et
» les objections particulières ne peuvent fournir
» ici une objection valable), le chevalier apprenait à dédaigner son intérêt personnel et à
» reconnaître quelque chose de plus digne, de
» plus haut, à quoi il dévouait toutes ses forces
» et sa vie. Cette noble élévation au-dessus de

(1) T. I, p. 70.

» l'intérêt privé, ce dégagement de toute vue » personnelle, est et sera éternellement le signe » qui distinguera ce qui est grand et généreux, » de ce qui est vulgaire et peu digne d'admira- » tion (1). »

Mais parmi les témoignages, il n'en est point de plus convaincants que ceux des pontifes, prédécesseurs ou successeurs d'Urbain, qui s'occupèrent de la question des croisades. Silvestre II, Grégoire VII, Innocent III, tous proposent au courage des Occidentaux la conquête de la Terre-Sainte (2).

Nous avons vu la Providence de Dieu porter des décrets de miséricorde sur l'Orient et sur l'Occident, ses dispositions secrètes préparer le monde, la voix d'Urbain diriger toutes les vues et tous les cœurs vers un même but. Il ne nous reste plus qu'à découvrir les ressorts mis en jeu pour cette immense entreprise, qu'à exposer la cause déterminante des croisades.

VI.

Cause déterminante.

« Il ne suffit pas de regarder seulement devant » ses yeux, dit Bossuet, c'est-à-dire, de consi-

(1) Hurter, p. 200. — (2) V. Labb.

» dérer ces grands événements qui décident tout » à coup de la fortune des empires. Qui veut entendre à fond les choses humaines, doit les » reprendre de plus haut ; et il lui faut observer » les inclinations et les mœurs, ou pour tout » dire en un mot, le caractère tant des peuples » dominants en général que des princes en particulier, et enfin de tous les hommes extraordinaires qui, par l'importance du personnage » qu'ils ont eu à faire dans le monde, ont contribué, en bien ou en mal, au changement » des États et à la fortune publique (1). »

Dieu semblait avoir réservé pour ces temps des hommes comme on n'en avait pas vu jusqu'alors. Les esprits étaient travaillés par les idées les plus contradictoires : idées de foi et idées d'erreur, idées de vertus et idées de vices, idées de domination et idées d'esclavage, idées de succès et idées de revers, idées du temps et idées de l'éternité. Mais toutes ces idées diverses, Dieu les avait réunies en deux idées mères : l'idée de religion et l'idée de chevalerie.

L'esprit religieux uni à l'esprit chevaleresque faisait le caractère distinctif de l'époque des croisades. Il se résume dans ces paroles du châtelain de Coucy, qui partait pour la Palestine,

(1) *Hist. univ.* 3e p., ch. I.

« afin, disait-il, d'obtenir trois choses de grand » prix pour un chevalier : le paradis, la gloire » et l'amour de sa mie. »

Ce génie des peuples d'alors fut le principal mobile dont la Providence se servit pour les déterminer à l'entreprise transmarine ; il conduisit leur marche, soulagea leurs fatigues, les ramena en Europe chargés de lauriers.

Le premier élément constitutif du caractère des peuples, à l'époque des croisades, la chevalerie, était dans sa première jeunesse : il lui fallait de l'exercice ; son génie devait grandir au sein des tempêtes. Le caractère du chevalier chrétien était un mélange d'amour sacré et d'amour profane, de fierté au milieu des rivaux et de condescendance à l'égard des pauvres, des veuves et des orphelins ; la hardiesse et la passion pour la gloire le portaient partout où il y avait des dangers à courir. Mais ce qui faisait, en même temps, et le principe et la fin de toutes ses résolutions, ce qui réunissait comme en faisceau toutes les autres qualités brillantes, c'était la fidélité au devoir. De là le désir de défendre la faiblesse, de protéger l'innocence, de briser les entraves que l'oppression mettait à une juste liberté. Quand le castel retentissait des soupirs qui accueillaient le récit des pèlerins de la Palestine ; quand la voix des chrétiens d'Asie frappait les oreilles du peuple de l'Occident, le valeureux chevalier, brûlant dès sa jeunesse du feu des combats, sentait ses entrailles émues.

Dans cette affreuse détresse de frères esclaves, que retraçaient les chroniques lues, le soir, au coin du foyer, la vieille gloire des familles, les antiques portraits d'illustres ancêtres, pendus aux vieux murs des salles, tout parlait aux cœurs. Les noms de Charles-Martel, de Poitiers, retentissaient dans tous les donjons et rappelaient de périlleux combats, de célèbres victoires. Il semblait que les musulmans sortissent de leurs tombes, sur les bords du Tage et de la Loire.

Ce génie inquiet cherchait des aventures. L'Orient recélait pour les Européens bien des mystères; il semblait devoir être un vaste champ pour leurs courses chevaleresques. Cet enthousiasme belliqueux, loin de rencontrer des obstacles au foyer domestique, n'y trouvait que des aliments. La femme, dont le rôle devint ensuite si important et si impérieux, la femme augmentait déjà alors l'ardeur guerrière : dans la deuxième croisade, Éléonore de Guienne, reine de France, avait pris la croix; beaucoup d'autres dames avaient suivi son exemple. Celles qui restèrent dans leurs castels se condamnèrent volontiers à un veuvage précoce, pendant que leurs époux vivaient encore. Après la victoire, elles faisaient éclater le plus vif enthousiasme pour les héros croisés; celles qui ne voyaient plus revenir leurs époux allaient au pied des autels offrir leur sacrifice avec larmes, mais aussi avec cette consolation que le chevalier était mort pour son Dieu.

Ainsi l'amour de la gloire et le souvenir de magnifiques exploits poussaient l'Occident chevaleresque à la guerre d'Asie.

Complétons le caractère de cette époque par le second élément constitutif, l'esprit religieux.

Aux idées de chevalerie se joignait l'aversion naturelle des chrétiens pour les mahométans. Cette aversion, témoignage continuel de la fidélité des enfants de l'Église aux préceptes et aux leçons de leur mère, contribua beaucoup à déterminer les princes et les peuples à l'entreprise des croisades. Depuis l'hégire, les mahométans avaient été regardés comme une secte maudite de Dieu, comme une armée ennemie qui tenait toujours le cimeterre en main pour tuer les chrétiens et ne cherchait qu'à anéantir la religion de Jésus-Christ. Les faits que nous avons cités prouvent à l'évidence que ces appréhensions et ces craintes n'étaient pas de vains préjugés. Mahomet avait légué à ses sectateurs l'esprit de conquête, et les musulmans ne cessaient de faire la guerre à la religion de Jésus-Christ, pour établir en tous lieux la religion du prophète. Les patriarches d'Orient, dans les lettres qu'ils écrivirent au deuxième concile de Nicée (787), traitent les princes arabes d'exécrables tyrans; saint Euloge de Cordoue exprime assez combien était grande l'horreur qu'ils inspiraient aux Espagnols dans le IXe siècle.

En un mot, toute l'Europe détestait les musulmans; et les peuples qui s'étaient mêlés et confondus dans une même nation avec les barbares du Nord, ne purent jamais être conduits à une fusion avec les enfants des déserts de l'Arabie. La religion formait la barrière; la croix d'un côté et le croissant de l'autre entretenaient sans cesse dans les cœurs un feu qui devait tôt ou tard éclater.

L'indulgence plénière, accordée par le pape, donnait l'espoir d'obtenir un facile pardon des péchés, sans se soumettre aux longues et austères rigueurs de la pénitence canonique. Ce fut encore un des principaux ressorts qui mirent les peuples en mouvement. En effet, la conscience du crime parlait dans bien des cœurs. « Seigneurs, disait le pape Urbain au concile de Clermont, vous ne marchez pas dans la voie du salut et de la vie éternelle, vous, oppresseurs de l'orphelin et de la veuve; vous, homicides; vous sacriléges; vous, violateurs des droits d'autrui; vous qui attendez le vil gage des brigands pour prix du sang chrétien répandu, et qui, comme des vautours alléchés de loin par l'odeur des cadavres, épiez le moment de pouvoir faire la guerre à vos paisibles voisins! Cette voie dans laquelle vous marchez n'est-elle pas une voie de perdition, puisqu'elle vous éloigne sans cesse de votre Dieu? »

Après avoir exposé aux peuples et aux princes leur scandaleuse conduite, Urbain les exhorta à tourner contre les ennemis de la religion les armes qu'ils employaient pour se tuer les uns les autres, et les fit compatir à l'affliction de l'Église d'Orient. « Pour nous, dit-il, ayant confiance dans la miséricorde divine et dans l'autorité des apôtres saint Pierre et saint Paul, nous remettons aux fidèles chrétiens qui prendront les armes contre les infidèles, et se soumettront aux périls, aux fatigues et aux dépenses de ce long pèlerinage, les pénitences immenses, méritées par leurs crimes. Et ceux qui y mourront en vrai esprit de pénitence ne doivent pas douter du pardon de leurs fautes, ni de l'éternelle récompense que le Dieu des combats leur aura préparée dans les cieux. »

Que les cœurs criminels devaient s'épanouir à ces généreuses paroles! Chargés de tant de fautes, les coupables auraient dû, d'après l'ancienne discipline, se soumettre pendant plusieurs années aux pénitences canoniques. La foi, il est vrai, était encore assez vivace dans les cœurs pour faire crier sans cesse la conscience; mais elle était trop déchue de sa première ferveur pour faire embrasser les peines que subissaient avec un courage héroïque les premiers chrétiens. Le voyage en Terre-Sainte promettait ainsi aux princes et aux peuples le pardon de leurs crimes, la réconciliation avec Dieu, le retour de la paix dans leurs âmes.

Pour la majeure partie de l'Europe, le flambeau de la foi était resté le phare divin des peuples.

« La religion chrétienne, dit M. Michaud, que » les Grecs avaient réduite à de petites formules » et à de vaines pratiques de superstition, ne » leur inspirait jamais de grands desseins et de » nobles pensées. Chez les peuples d'Occident, » comme on n'avait point encore soumis à de » fréquentes disputes les dogmes du christia- » nisme, la doctrine de l'Évangile conservait » plus d'empire sur les esprits; elle disposait » mieux les cœurs à l'enthousiasme, et formait » des saints et des héros.....

» Au milieu des ténèbres qui couvraient l'Occi- » dent, la religion chrétienne conservait seule

» le souvenir des temps passés et entretenait l'é-
» mulation parmi les hommes... Tandis que le
» despotisme et l'anarchie se partageaient les
» villes et les royaumes, les peuples invoquaient
» la religion contre la tyrannie, les princes
» contre la licence et la révolte... Les nations
» semblaient ne reconnaître d'autres législateurs
» que les Pères des conciles, d'autre code que
» l'Évangile et les saintes Écritures. L'Europe
» pouvait être considérée comme une société
» religieuse où la conservation de la foi était le
» plus grand intérêt, où les hommes apparte-
» naient plus à l'Église qu'à la patrie. Dans cet
» état de choses, il était facile d'enflammer l'es-
» prit des peuples, en leur présentant la cause
» de la religion et de la foi des chrétiens à dé-
» fendre (1). »

L'enthousiasme religieux dans les préparatifs est une autre preuve de l'esprit de foi, ce puissant mobile des croisades. « Dans tous les dio-
» cèses, dans toutes les paroisses, les évêques et
» les simples pasteurs ne cessaient de bénir des
» croix pour les fidèles qui promettaient de s'ar-
» mer pour la défense de la Terre-Sainte. L'É-
» glise a conservé, dans ses annales, les formules
» des prières récitées dans cette cérémonie. Le

(1) Michaud, t. 1, p. 50.

» prêtre, après avoir invoqué le secours du Dieu
» qui a fait le ciel et la terre, priait le Seigneur
» de bénir, dans sa bonté paternelle, la croix des
» pèlerins, comme il avait béni autrefois la verge
» d'Aaron, la terreur des rebelles et des impies;
» il conjurait la miséricorde divine de ne point
» abandonner dans les périls ceux qui allaient
» combattre pour Jésus-Christ, et de leur en-
» voyer cet ange Gabriel qui avait été autrefois
» le fidèle compagnon de Tobie. S'adressant en-
» suite à chaque pèlerin prosterné devant lui, il
» lui attachait la croix sur la poitrine et lui di-
» sait : Reçois ce signe, image de la passion et de
» la mort du Sauveur du monde, afin que, dans
» ton voyage, le malheur ni le péché ne puissent
» t'atteindre, et que tu reviennes plus heureux,
» et surtout meilleur, parmi les tiens. L'audi-
» toire répondait : Amen, et le saint enthou-
» siasme qu'inspirait cette cérémonie, se répan-
» dant de proche en proche, achevait d'embraser
» tous les cœurs (1). »

C'est ainsi que de tous ces membres épars d'une société chevaleresque qui tombait en dissolution, la religion parvint à former un corps, une espèce de république; toutes les nations se mêlèrent et se réunirent autour du même éten-

(1) Ouv. cité, p. 66.

dard. La croix donnait la même impulsion à toutes les contrées, à tous les individus, à toutes les valeurs, à toutes les gloires. La foi établissait l'unité dans cette masse d'éléments hétérogènes et souvent destructeurs les uns des autres; par elle, les princes de l'Occident, si divisés d'ailleurs de vues et d'intérêts, ne formaient qu'une seule armée, dirigée par un seul esprit; la chrétienté était la patrie de tous; l'Église était la mère commune; tout devait céder devant la foi, devant la conservation du christianisme. Ces pieux chevaliers, ces peuples de soldats, qui ne se réjouissaient que du cliquetis des armes et du bruit de la guerre, sans cesse préparés aux combats pour défendre le faible, venger l'honneur et recueillir la gloire, devaient regarder comme un noble usage de leur ardeur belliqueuse l'expédition transmarine contre les ennemis de la foi de leurs cœurs (1).

Urbain avait connu ces dispositions guerrières. Aussi habile politique que saint pontife, il avait su adroitement « s'adresser à cet esprit cheva- » leresque pour déterminer l'Occident à voler en » Palestine recouvrer la terre des miracles.

» Guerriers qui m'écoutez, avait-il dit à Cler- » mont, vous qui cherchez sans cesse de vains

(1) V. Gibbon, *Hist.*, Paris, t. II, c. LVI, p. 286. — Heeren, p. 198-200.

» prétextes de guerre, réjouissez-vous, car voici » une guerre légitime; le moment est venu de » montrer si vous êtes animés d'un vrai courage; » le moment est venu d'expier tant de violences » commises au sein de la paix, tant de victoires » souillées par l'injustice. Vous qui fûtes si sou- » vent la terreur de vos concitoyens, et qui ven- » dez pour un vil salaire vos bras aux fureurs » d'autrui, armés du glaive des Machabées, allez » défendre la maison d'Israël !..... Il ne s'agit » plus de venger les injures des hommes, mais » celles de la Divinité; il ne s'agit plus de l'at- » taque d'une ville ou d'un château, mais de la » conquête des lieux saints. Si vous triomphez, » les bénédictions du ciel et les royaumes de » l'Asie seront votre partage; si vous succombez, » vous aurez la gloire de mourir aux mêmes » lieux que Jésus-Christ, et Dieu n'oubliera » point qu'il vous aura vus dans sa milice sainte. » Que de lâches affections, que des sentiments » profanes ne vous retiennent point dans vos » foyers; soldats du Dieu vivant, n'écoutez plus » que les gémissements de Sion; brisez tous les » liens de la terre et ressouvenez-vous de ce qu'a » dit le Seigneur : Celui qui aime son père ou » sa mère plus que moi n'est pas digne de moi; » quiconque abandonnera sa maison, ou son » père, ou sa mère, ou sa femme, ou son enfant,

» ou son héritage, pour mon nom, sera récompensé au centuple et possédera la vie éternelle (1). »

Ici se présente une dernière question : la cause des croisades était-elle juste?

VII.

Justice de l'entreprise.

L'histoire et la philosophie s'unissent pour répondre, d'un commun accord, que les guerres saintes trouvent leur justification dans le droit de défendre la religion par les armes, dans les principes qui dirigeaient la société à cette époque, dans l'injuste usurpation des Turcs et l'atroce oppression où gémissaient les chrétiens qui avaient subi leur joug.

a) Droit de défendre la religion par les armes.

On a blâmé les croisades, comme si ces guerres avaient été entreprises contre des hommes inoffensifs, pour la seule raison qu'ils étaient mahométans. A ce titre, la doctrine catholique elle-même les aurait réprouvées. D'après l'oracle angélique de l'école (2), les infidèles qui

(1) Traduction de Michaud. t. I, p. 67. — (2) S. Thomas. 2. 2 q. 10. a. 8.

n'ont jamais reçu le don précieux de la foi ne peuvent être forcés d'embrasser la doctrine de l'Église. Mais il est permis de défendre la religion par les armes. Eh quoi! la justice permet au souverain de défendre sa couronne, au particulier de repousser le ravisseur de son patrimoine, à l'individu de terrasser l'assassin qui le menace; et il ne serait pas permis de défendre contre un injuste agresseur un bien mille fois plus cher que la vie, un ciment tombé du ciel pour unir les pierres de l'édifice social, une possession d'où dépend la prospérité ou la ruine des États?

Placés à la tête de la société chrétienne, chargés du soin de sa conservation, les princes ne pouvaient, dans les siècles dont nous retraçons le tableau, abandonner la religion aux attaques de l'agresseur sans forfaire à leur honneur et à leur Dieu, sans trahir leur conscience; ils devaient protéger leurs sujets. La religion tremblait en Occident; l'Europe était menacée; Rome avait à craindre de voir, sous ses murs, les étendards de l'armée musulmane. Un cri d'alarme fut entendu : c'était le cri de la religion qui demandait du secours. La trompette guerrière y répond par le signal du départ. Quoi de plus juste?

Saint Thomas, que nous avons cité plus haut,

pour montrer que la seule différence de religion n'est pas un motif de guerre, dit dans le même endroit : « Les fidèles doivent cependant em-
» ployer la force quand ils le peuvent, pour que
» les infidèles n'empêchent pas la foi et ne lui
» portent pas atteinte par les blasphèmes, par
» les fausses persuasions ou par les persécutions
» ouvertes. C'est à cette fin que les fidèles de Jé-
» sus-Christ font souvent la guerre aux infi-
» dèles, non pour les contraindre à croire, mais
» pour les empêcher de mettre obstacle à la foi.
» Et lors même qu'ils les ont vaincus dans les
» combats et réduits en captivité, ils les laissent
» libres ou de persister dans leurs erreurs, ou
» d'embrasser la foi (1). »

Le berceau des hommes illustres, les ruines de Thèbes, d'Athènes et de Rome, réveillent dans les cœurs de sublimes souvenirs; l'on se dispute un peu de poussière enlevée des pyramides d'Égypte; l'on provoque des combats pour reconquérir un drapeau tombé au pouvoir de l'ennemi; et les chrétiens du XIe siècle auraient dû rester spectateurs insensibles à la vue d'un sépulcre miraculeux profané par un peuple infidèle? Leurs armes n'auraient pu aller reprendre cette région antique, illustrée par les travaux et

(1) 2. 2. q. 10. a. 8.

fécondée par les sueurs et le sang du Sauveur des hommes? Le musulman lui-même est toujours prêt à la défendre en vertu de la doctrine mensongère que lui inspira le faux prophète ; et le chrétien, dépositaire de cette foi qui seule est vraie, seule est divine, devrait voir une éternelle barrière lui fermer le chemin de cette contrée miraculeuse?

b) Principes sociaux.

Deux idées doivent être sans cesse présentes à l'esprit de l'historien qui examine la question de la justice des guerres saintes : les principes de l'ordre social et le but de la société dans le moyen âge. « L'unité religieuse de tous les peu-
» ples chrétiens et la subordination de tout pou-
» voir à l'égard de celui que Dieu lui-même
» avait constitué sur la terre, voilà les deux prin-
» cipes constitutifs de la société ; pourvoir aux in-
» térêts spirituels et matériels des membres qui
» la composent, en voilà le but.....

» C'étaient les souverains pontifes qui déci-
» daient, en dernier ressort, ces graves questions
» qui menacent souvent jusqu'à l'existence même
» de la société. Ce ne fut donc pas un acte d'em-
» piétement (d'ambition) sur les droits sacrés des
» souverains, que cette intervention directe des

» papes dans les affaires intérieures des royau-
» mes chrétiens; mais c'était l'exercice d'un
» droit ou, pour mieux dire, d'un devoir que la
» constitution même de la société catholique leur
» imposait. Cette société, en effet, avait un double
» but : l'un qui se rapportait aux intérêts pu-
» rement matériels de ses membres; l'autre,
» plus élevé, qui concernait leur salut éter-
» nel (1). »

Ce système politique avait été établi lors du couronnement de Charlemagne; il demeura en vigueur pendant toute la durée du moyen âge.

D'après les protestants, tous les peuples doivent être chrétiens; le christianisme doit avoir l'empire du monde. Or, la conservation du christianisme est confiée par Dieu aux hommes qu'il a établis ses lieutenants en terre, et, en premier lieu, au vicaire de Jésus-Christ, chef visible de l'Église. L'existence du christianisme était menacée dans l'Orient et dans l'Occident. Que devait donc faire le pontife? Pouvait-il rester spectateur insensible? D'ailleurs, la religion n'était pas seule exposée aux insultes, aux outrages, aux dépravations; l'ordre social lui-même se sentait ébranlé : il fallait sauver les principes conservateurs de la société, l'unité religieuse et

(1) Mœller. *Précis*, p. 275. 155.

la subordination au pouvoir qui la représente. Le but de la société, c'est-à-dire « le soin de pourvoir aux intérêts spirituels et matériels des membres qui la composent, » ne pouvait plus être atteint. En un mot, la société en Orient était esclave et la société en Occident était menacée de le devenir, parce que l'Église, qui porte le drapeau de la liberté, l'Église à qui Dieu a confié le christianisme, était déjà ou allait être méconnue.

c) Usurpation et oppression des Turcs.

Une autre raison qui légitime les croisades est l'injuste usurpation des Turcs. Jérusalem avait appartenu au peuple de Dieu sous la loi ancienne et était passée au peuple chrétien sous la loi nouvelle. Mais lors de la conquête de la Syrie par les Arabes, Jérusalem tomba au pouvoir d'Omar, le premier de leurs califes, en 637. Pendant quatre siècles et demi, la cité de David gémit sous le joug de l'islamisme. Les Turcs seldjoukides s'en emparèrent en 1079 et s'y établirent comme dans leur propre territoire. Tandis que le croissant conquérait l'Asie, d'autres armées subjuguaient l'Afrique, la Sicile, une partie de l'Espagne, et menaçaient, avec l'Italie, la capitale du monde chrétien.

Dès le VIIIe siècle, l'Europe et les princes chrétiens voyaient le cimeterre, comme le glaive de Damoclès, suspendu au-dessus de leurs têtes. Au premier début de leurs victoires, dans l'espace de quatre-vingts ans, les enfants du désert avaient soumis au croissant plus de provinces et de royaumes que toute la valeur de l'antique Ausonie n'avait pu en soumettre aux aigles romaines par sept cents ans de conquêtes.

« Longtemps déchirée par les barbares du » Nord, dit M. de Maistre, l'Europe se voyait » menacée des plus grands maux. Les redouta- » bles Sarrasins fondaient sur elle, et déjà ses » plus belles provinces étaient attaquées, con- » quises ou entamées. Déjà maîtres de la Syrie, » de l'Égypte, de la Tingitane, de la Numidie, » ils avaient ajouté à leurs conquêtes d'Asie et » d'Afrique une partie considérable de la Grèce, » l'Espagne, la Sardaigne, la Corse, la Pouille, » la Calabre et la Sicile en partie. Ils avaient fait » le siége de Rome et brûlé ses faubourgs. Enfin » ils s'étaient jetés sur la France, et dès le VIIIe » siècle, c'en était déjà fait de l'Europe, c'est-à- » dire du christianisme, des sciences et de la » civilisation, sans le génie de Charles-Martel » et de Charlemagne, qui arrêtèrent le tor- » rent (1). »

(1) De Maistre, *Du Pape*, l. 3, c. 7.

Ce n'est donc pas, comme le suppose Archítals Maclaine, dans une note sur Mosheim, que « le christianisme donne droit à ceux qui le pro- » fessent de s'emparer du bien des infidèles. » Ce n'est pas, comme le prétend l'auteur impie d'un article de l'Encyclopédie, qu'il fût venu un temps « de ténèbres assez profondes, et d'un étourdis- » sement assez général, dans les peuples et dans » les souverains, sur leurs vrais intérêts, pour en- » traîner une partie du monde dans une mal- » heureuse petite contrée, afin d'en égorger les » habitants, et de s'emparer d'une pointe de » rocher qui ne valait pas une goutte de sang, » qu'ils pouvaient vénérer en esprit de loin » comme de près, et dont la possession était » étrangère à l'honneur de la religion. »

« Il est donc évident, dit Palma, que ces expé- » ditions ont eu pour elles toute la justice. Les » princes d'Europe ont usé de leurs droits : droit » de porter secours à un empereur qui demande » leur appui ; droit de légitime défense ; droit » de porter chez l'ennemi la guerre, dont cet » ennemi les menaçait, eux et leurs contrées. » Sans aller contre les premiers principes du » droit naturel et du droit des gens, personne » ne peut taxer ces expéditions d'injustice ; per- » sonne ne peut contester aux princes chrétiens » le droit de repousser la force par la force, de

» mettre le pied sur le territoire de ceux qui
» réunissaient leurs efforts et leurs armées
» contre l'empire de Constantinople et les prin-
» ces chrétiens, et manifestaient ouvertement
» leur projet inique de les ensevelir sous les
» ruines. » (Cap. VI, 45.)

Telles furent les usurpations des armées musulmanes. De quel droit venaient-elles arborer le croissant sur une terre étrangère? A quel titre ces ravageurs de provinces envahissaient-ils le domaine des chrétiens?

Si donc les Arabes n'avaient aucune prétention fondée sur ces régions, les princes catholiques n'étaient-ils pas en droit de revendiquer le patrimoine de leurs pères? En Asie, les quatre cent quarante-deux années de domination des califes avaient peut-être paru légitimer l'usurpation; mais l'empire des califes n'était plus : les Turcs seldjoukides, nouveaux usurpateurs, avaient pris la place et poussé leurs conquêtes jusque sous les murs de Constantinople. L'Occident ne se jeta donc sur l'Asie que pour réclamer, le glaive à la main, le domaine de la religion de Jésus-Christ. Les princes chrétiens d'ailleurs étaient, depuis longtemps, appelés au secours de l'Asie par les Orientaux, qui leur avaient donné la clef de l'Empire pour venir y reprendre leurs droits sacrés et assurer le salut de tous.

Dans ces conjonctures, aurait-il fallu attendre pour s'armer que l'Orient fût ruiné, que l'Occident vît ses villes et ses moissons en cendres? La violation du droit des gens en Europe et en Asie ne provoquait-elle pas de justes représailles? « Les papes, dit M. de Maistre, découvrirent, » avec des yeux d'Annibal, que pour repousser » ou briser sans retour une puissance formidable » et extravasée, il ne suffit pas du tout de se dé- » fendre chez soi, mais qu'il faut l'attaquer chez » elle. Les croisés, lancés par eux sur l'Asie, » donnèrent bien aux soudans d'autres idées que » celle d'envahir ou seulement d'insulter l'Eu- » rope (1). »

« Le droit d'une juste défense, dit Gibbon, » comprend sans doute celle de nos alliés civils » et spirituels; il dépend de l'existence réelle » du danger, et ce danger est plus ou moins pres- » sant en proportion de la haine et de la puis- » sance des ennemis... On ne saurait nier que » les mahométans n'asservissent les Églises d'O- » rient sous un joug de fer; que, soit en paix, » soit en guerre, ils ne s'attribuent, de droit divin » et incontestable, l'empire de l'univers, et que

(1) *Du Pape*, l. 3, c. 7.

» les conséquences nécessaires de leur croyance » ne menacent continuellement les nations qu'ils » nomment infidèles, de la perte de leur reli- » gion et de leur liberté. Dans le XIe siècle, les » victoires des Turcs faisaient craindre avec rai- » son cette double perte. Ils avaient soumis en » moins de trente ans tous les royaumes de l'Asie, » jusqu'à Jérusalem et l'Hellespont, et l'empire » grec semblait pencher vers sa ruine. Indépen- » damment d'un sentiment naturel d'affection » pour leurs frères, les Latins étaient personnel- » lement intéressés à défendre Constantinople, » la plus puissante barrière de l'Occident; et le » privilége de la défense doit s'étendre aussi lé- » gitimement à prévenir qu'à repousser une in- » vasion (1). »

La justice de la cause de la première croisade une fois admise (et l'on ne peut refuser de l'admettre sans faire violence à ses convictions), nous en déduisons la justice de toutes les autres croisades. En effet, dans la première, les villes de Jérusalem et de Constantinople, avec une grande partie de l'Orient, étaient tombées au pouvoir des croisés. Le droit de conquête après une juste guerre leur donnait le droit d'assurer et d'organiser les possessions conquises; légiti-

(1) L. c., p. 276-278.

mes étaient donc les pouvoirs établis dans ces contrées, les principautés, les royaumes, l'empire. Tous les droits de la souveraineté étaient dévolus à ceux qui l'exerçaient : ils pouvaient donc repousser l'injuste agresseur, demander du secours, contracter des alliances ; et les alliés qui répondaient à leur appel ne blessaient en rien ni les lois de la guerre, ni le droit des gens, ni les lois de la politique ou de la nature.

Or, les croisades qui suivirent l'expédition de Godefroid furent toutes des guerres d'une légitime défense. Quand le royaume de Palestine, quand l'empire d'Orient était attaqué, Jérusalem ou Constantinople jetait un cri d'alarme. Les princes d'Occident passaient les mers, repoussaient l'invasion inique, rétablissaient ou affermissaient le légitime possesseur dans ses droits et dans ses domaines, et revenaient se reposer en Europe de leurs fatigues et de leurs victoires.

Ainsi, nos adversaires donnent évidemment dans l'erreur quand ils attaquent le principe des guerres saintes comme dépourvu d'équité, et qu'ils accusent d'injustice les pontifes de Rome, les princes chrétiens, tout l'Occident, en un mot, dont le noble courage entreprit et acheva ces gigantesques expéditions.

Les croisades étaient admirables dans leur

cause providentielle et occasionnelle, justes dans leur cause finale et déterminante, « saintes » même et nécessaires, dit M. de Maistre. Si les » papes les ont provoquées et soutenues de tout » leur pouvoir, ils ont bien fait, et nous leur en » donnons d'immortelles actions de grâce (1). »

Terminons par un passage d'une grande autorité. Il est du célèbre docteur Balmès (2).

« L'étendard des chrétiens et le croissant » étaient deux ennemis irréconciliables par nature, et poussés jusqu'au dernier degré de la » fureur par une lutte longue et acharnée. Tous » les deux avaient de vastes plans, tous les deux » une vaste puissance; tous les deux s'appuyaient » sur des peuples hardis, pleins d'enthousiasme, » prompts à se précipiter les uns sur les autres; » tous les deux avaient de grandes probabilités » et des espérances fondées de triomphe. De quel » côté restera la victoire? Quelle conduite doivent suivre les chrétiens pour se préserver du » péril dont ils sont menacés? Vaut-il mieux attendre tranquillement en Europe l'attaque des » musulmans, ou se lever en masse pour se précipiter sur l'Asie, et chercher l'ennemi dans » son propre pays, là où il se croit invincible?

(1) *Du Pape*, l. 2, c. 15.

(2) *Le protestantisme comparé au catholicisme* tome. 2. c. XLII, p. 195.

» Le problème fut résolu dans ce dernier sens; » les croisades eurent lieu, et les siècles sont venus donner leur suffrage à l'habileté de cette » résolution. Qu'importent quelques déclamations où l'on affecte l'intérêt pour la justice et » l'humanité? Nul ne s'en laisse éblouir; la philosophie de l'histoire, enseignée par les leçons » de l'expérience et enrichie d'un plus abondant » trésor de connaissances qui sont le fruit d'une » étude plus attentive des faits, a porté sur cette » cause un jugement irrécusable : en cela comme » en tout, la religion est sortie triomphante du » tribunal de la philosophie. Les croisades, loin » d'être considérées comme un acte de barbarie » et de témérité, sont justement regardées » comme un chef-d'œuvre de politique, qui, » après avoir assuré l'indépendance de l'Europe, » conquit aux peuples chrétiens une prépondérance décidée sur les musulmans. L'esprit militaire grandit et se fortifia par là chez les » nations européennes; ces nations reçurent » toutes un sentiment de fraternité qui les transforma en un seul peuple; l'esprit humain se » développa sous plusieurs aspects; l'état des » vassaux feudataires fut amélioré, et la féodalité fut poussée vers sa ruine entière; la marine fut créée, le commerce fomenté, aussi » bien que l'industrie; la société reçut ainsi des

» croisades la plus puissante impulsion dans la » carrière de la civilisation. Ce n'est pas à dire » que les hommes par lesquels furent conçues » les croisades, les papes qui les excitèrent, les » peuples qui les suivirent, les seigneurs et les » princes qui les secondèrent de leur pouvoir, » aient mesuré toute l'étendue de leur propre » ouvrage, ou même entrevu l'immensité de ses » résultats : une question existait, il suffit qu'elle » ait été résolue dans le sens le plus favorable à » l'indépendance et à la prospérité de l'Europe; » cela suffit, je le répète. Je ferai d'ailleurs ob- » server qu'il faudra attribuer aux choses d'au- » tant plus d'importance que les prévisions des » hommes auront eu moins de part aux événe- » ments : or, les choses ici ne sont rien moins » que les principes et les sentiments religieux » dans leurs rapports avec la conservation et la » félicité des sociétés, le catholicisme, couvrant » de son égide et vivifiant de son souffle la civi- » lisation européenne.

» Voilà donc les croisades : rappelez-vous » maintenant que cette pensée, si grande et si » généreuse, fut conçue avec un certain vague » et exécutée avec cette précipitation qui est le » fruit de l'impatience d'un zèle ardent; rappe- » lez-vous que cette pensée, fille du catholicisme, » qui convertit toujours ses idées en institutions,

» devait aussi se réaliser dans une institution » qui fût son expression fidèle, qui lui servît, » pour ainsi dire, d'organe, afin de se rendre » sensible, et d'appui pour être durable et fé» conde; après cela, vous chercherez un moyen » d'unir la religion avec les armes; et vous serez » rempli de joie lorsque, sous la cuirasse d'acier, » vous trouverez un cœur plein d'ardeur pour la » religion de Jésus-Christ, lorsque vous verrez » surgir cette nouvelle espèce d'hommes qui se » consacrent sans réserve à la défense de la reli» gion, en même temps qu'ils renoncent à tout » ce que peut offrir le monde; *plus doux que* » *les agneaux, plus courageux que les lions*, » disait saint Bernard. Tantôt ils se réunissent » en communauté pour élever vers le ciel une » prière fervente; tantôt ils marchent avec in» trépidité au combat, en brandissant leur for» midable lance, la terreur des bandes sarra» sines. Non, il n'existe pas dans les fastes de » l'histoire un événement aussi colossal que ce» lui des croisades, et l'on y chercherait en vain » une institution plus généreuse que celle des » ordres militaires. Nous voyons, dans les croi» sades, d'innombrables nations se lever, mar» cher à travers les déserts, s'enfoncer dans des » pays qu'elles ne connaissent pas, s'exposer à » toutes les rigueurs des climats et des saisons.

» Et dans quel but? Pour délivrer un tombeau! » Grande et immortelle agitation, où cent et cent » peuples marchent vers une mort certaine, non » point à la poursuite d'un misérable intérêt, » non point pour chercher une demeure dans » des pays plus doux et plus fertiles, non point » avec l'ardeur de se créer un avantage terrestre, » mais uniquement inspirés par une idée reli- » gieuse, par la jalousie de posséder le tombeau » de celui qui expira sur une croix pour le salut » du genre humain. Que deviennent, comparés » à ce mémorable événement, les hauts faits des » Grecs, chantés par Homère? La Grèce se lève » pour venger un époux outragé; l'Europe se » lève pour racheter le sépulcre d'un Dieu.

» Lorsque, après les désastres et les triomphes » des croisades, nous voyons apparaître les or- » dres militaires, tantôt combattant sur les pla- » ges orientales, tantôt dans les îles de la Médi- » terranée, soutenant et repoussant les rudes » attaques de l'islamisme qui, enhardi par ses » victoires, veut de nouveau se précipiter sur » l'Europe, il nous semble voir ces braves qui, » au jour d'une grande bataille, restent seuls » sur le champ du combat, un contre cent, » payant de leur héroïsme et de leur vie la sécu- » rité de leurs compagnons d'armes qui se reti- » rent derrière eux. Gloire et honneur à la reli-

» gion qui a été capable d'inspirer des pensées
» si élevées, qui a pu réaliser de si difficiles et de
» si généreuses entreprises ! »

FIN.

TABLE DES MATIÈRES

CONDITIONS D'ABONNEMENT AUX PRÉCIS HISTORIQUES.

Tous les mois, 2 petits volumes in-18. — La *Collection* d'une année formera donc 24 livraisons. — 5 fr. pour une année. 5 fr. 50 par la poste, pour la Belgique. — 5 fr., plus l'affranchissement, pour l'étranger.—Chaque petit vol. de 36 pages se vend aussi séparément, 25 centimes; 15 fr. le cent.

Opuscules de la Collection.

ONT PARU AU 15 SEPTEMBRE 1852 :

Les trois Martyrs du Japon, de la Compagnie de Jésus.

La Confession est-elle une invention des prêtres, publiée au XIIIe siècle? Extrait du P. Scheffmacher.

Épisode de la déportation des prêtres en 1794. Récit fait par un de ces déportés.

Sagesse de l'Eglise dans la Béatification et la Canonisation des Saints. Exposé des procédures et des cérémonies. (Deux livraisons.)

Opinions sur l'Origine des Béguinages belges, par Éd. T.

Influence sociale de la Semaine Sainte. Extrait des conférences de Monseigneur Wiseman.

Coup d'œil sur l'histoire de la Réforme du XVIe siècle, par l'auteur de *Mes doutes*.

Lorette ou Translation de la Santa Casa. Extrait de l'abbé Caillau.

Un Concile. Extrait de Bergier.

Des Services que l'État religieux a rendus à la société.

Salazar, ou la Chapelle expiatoire du très-saint Sacrement de Miracle, à Bruxelles, par Éd. T.

Le Saint Concile de Trente. Extrait de Bergier.

Les neuf premiers Compagnons de saint Ignace de Loyola. Extrait des *Tableaux du Père d'Oultreman, S. J.*

Un mot sur l'éducation révolutionnaire, par Éd. T.

De l'Origine des Croisades, au point de vue philosophique, par Éd. T.

PARAITRONT :

Principes sur lesquels s'appuient les historiens apologistes pour défendre l'Eglise.

Le Dimanche, au point de vue social.

De la Tradition.

Le Déisme et la Révélation.

Séjour de saint Pierre à Rome.

CONDITIONS D'ABONNEMENT AUX PRÉCIS HISTORIQUES.

Tous les mois, 2 petits volumes in-18. — La *Collection* d'une année formera donc 24 livraisons. — 5 fr. pour une année. 5 fr. 50 par la poste, pour la Belgique. — 5 fr., plus l'affranchissement, pour l'étranger.—Chaque petit vol. de 36 pages se vend aussi séparément, 25 centimes; 15 fr. le cent

---

Opuscules de la Collection.

ONT PARU AU 1er SEPTEMBRE 1852 :

Les trois Martyrs du Japon, de la Compagnie de Jésus.

La Confession est-elle une invention des prêtres, publiée au XIIIe siècle? Extrait du P. Scheffmacher.

Épisode de la déportation des prêtres en 1794. Récit fait par un de ces déportés.

Sagesse de l'Eglise dans la Béatification et la Canonisation des Saints. Exposé des procédures et des cérémonies. (Deux livraisons.)

Opinions sur l'Origine des Béguinages belges, par Éd. T.

Influence sociale de la Semaine Sainte. Extrait des conférences de Monseigneur Wiseman.

Coup d'œil sur l'histoire de la Réforme du XVIe siècle, par l'auteur de *Mes doutes*.

Lorette ou Translation de la Santa Casa. Extrait de l'abbé Caillau.

Un Concile. Extrait de Bergier.

Des Services que l'État religieux a rendus à la société.

Salazar, ou la Chapelle expiatoire du très-saint Sacrement de Miracle, à Bruxelles, par Éd. T.

Le Saint Concile de Trente. Extrait de Bergier.

Les neuf premiers Compagnons de saint Ignace de Loyola. Extrait des *Tableaux du Père d'Oultreman, S. J.*

Un mot sur l'éducation révolutionnaire, par Éd. T.

De l'Origine des Croisades, au point de vue philosophique, par Éd. T.

PARAITRONT :

Principes sur lesquels s'appuient les historiens apologistes pour défendre l'Église.

Le Dimanche, au point de vue social.

De la Tradition.

Le Déisme et la Révélation.

Séjour de saint Pierre à Rome.

www.ingramcontent.com/pod-product-compliance
Ingram Content Group UK Ltd.
Pitfield, Milton Keynes, MK11 3LW, UK
UKHW022101170726
13837UKWH00003B/1040

9 782329 245034